# 愛恨交加話中國

陳光政　著

麗文文化事業

■ 國家圖書館出版品預行編目（CIP）資料

愛恨交加話中國 / 陳光政著. -- 初版. -- 高雄
市：麗文文化, 2019.02
面； 公分
ISBN 978-986-490-140-1（平裝）

855 107018357

# 愛恨交加話中國

初版一刷・2019 年 02 月

| | |
|---|---|
| 著者 | 陳光政 |
| 發行人 | 楊曉祺 |
| 總編輯 | 蔡國彬 |
| 出版者 | 麗文文化事業股份有限公司 |
| 地址 | 80252高雄市苓雅區五福一路57號2樓之2 |
| 電話 | 07-2265267 |
| 傳真 | 07-2233073 |
| 網址 | www.liwen.com.tw |
| 電子信箱 | liwen@liwen.com.tw |
| 劃撥帳號 | 41423894 |
| 臺北分公司 | 23445新北市永和區秀朗路一段41號 |
| 電話 | 02-29229075 |
| 傳真 | 02-29220464 |
| 法律顧問 | 林廷隆律師 |
| 電話 | 02-29658212 |

行政院新聞局出版事業登記證局版台業字第5692號

ISBN 978-986-490-140-1（平裝）

麗文文化事業

定價：170 元

# ଛ目次ଓ

## 一、兩岸啼聲

## 二、九寨溝之旅

# 一、兩岸啼聲

百年來，
滿清殞落，
民國繼起，
中經北伐抗日，
僅剩奄奄一息，
中共趁機而入，
兩岸於焉對陣，
可歌可泣，
罄竹難書，
作者苟延性命，
親身沉潛，
不忍遺忘，
斑斑血淚，
傳諸後世。

# 1 新中華誕生

維新沒指望，
自強也落空，
太平天國喪盡民心，
南海孫大炮倔起，
天時地利人和，
帝國繳出禪杖，
武昌起義催命符，
大清從此殞落，
新中華繼起，
紛擾苦難依舊，
海市蜃樓破滅。

# 2 黃花崗起義

明知不可為而為之，
拋頭顱，
灑熱血，
滿腔悲憤，
英氣逼人，
把個古老落魄的古國，
驚醒，
撒播革命種籽，
開花結果，
與妻訣別書，
撼動山河。

# 3 武昌起義

一而再，
再而三，
十次革命，
大清帝國應聲崩塌，
民主花朵綻放，
照耀全亞，
引領億萬人心，
走出家天下的格局，
透露邁向新中華的良機。

# 4 無私大公的孫先生

急如焚，
不忍西風摧殘，
哪堪倭寇踐踏？
大清無可救藥，
另起爐竈，
捲起千堆雪，
摧枯拉朽，
神州改觀，
無奈曲高和寡，
悲慘又重現，
微弱遺言中，
和平奮鬥救中國。

# 5 三民落空

神權落幕，
君王進入尾聲，
教條高唱，
意識型態逼人，
變相皇帝，
烽火連天
苦難的中國，
何時見陽？

# 6 愧對先烈

熱血如火，
志同道合，
衝垮帝制，
黨國於焉誕生。
得意忘形，
政客紛紜，
上下交征利，
腐朽從中生，
煮熟的鴨子飛了。

# 7 苦難的祖國

一群叛逆，
滿腔熱血，
脫胎換骨，
終受託付，
卻是口蜜腹劍，
展露野狼面目，
凌虐羔羊，
不堪回首。

# 8 袁氏稱帝

牆頭草，
出賣大清，
脅逼民國，
乘勢復辟，
世人訕笑，
羞愧致死，
早知如此，
悔不當初。

# 9 軍閥之患

袁大頭羞死，
軍閥割據，
中央虛空，
戰國七雄重現，
北伐成功猶似夢，
日寇早已按捺不住，
蘆溝槍響，
烽火連天，
亡國旦夕間。

# 10 容共之患

江海不廢涓滴，
泰山巨細靡遺，
有容乃大，
不愧國父，
皇帝軍閥仍有活動空間，
國共花開並蒂，
可惜無人識，
各懷鬼胎，
公天下是惡夢，
禍留子孫。

# 11 萬里長征

國共並存如水火，
黨粹傾軋，
統一大業暫歇，
抗日安內難兩全，
不共戴天，
如兄如弟，
拋諸九霄雲外。

# 12 蘆溝橋的槍聲

倭寇虎視，
東北為附庸，
一不作，
二不休，
夢吞神州，
蘆溝橋槍聲響，
大舉南侵，
勢如破竹，
好的開始，
未必美好收場，
陷入深淵，
覆頂沒身，
怎收拾？

# 13 浴血八年

浴血八年，
哀鴻遍野，
生靈塗炭，
幾經摧殘？
東奔西竄，
倭寇追累了，
連吃兩顆致命丹，
無條件豎白旗，
神州復活，
驟昇列強，
虛胖而已，
內戰不止，
劫數何時休？

# 14 何其不幸

悠悠八年，
國破家亡，
一切茫然，
何處訴？
死傷無數，
烽火連天，
倭寇逞兇，
十萬青年十萬軍，
終於復活，
餘生在望，
不幸內憂外患，
淪落海隅，
返鄉無望。

# 15 十萬青年十萬軍

未到最後關頭，
決不輕言犧牲，
一寸山河，
一寸血，
十萬青年，
十萬軍。
澎湃熱血摧敵陣，
遠離故鄉，
永隔父母妻子，
一心一意救山河，
亙古照丹青。

# 16 突聞日本投降

晴空霹靂，
日本鬼子投降了，
誰敢相信？
中國已到無所措手足，
哪敢奢望勝利？
卻聞無條件收場，
老天有眼。

# 17 覆水難收

勝利突如其來，
走狗烹，
良弓藏，
解甲不得好返鄉，
轉投八路軍，
東北淪陷，
北京易手，
山河變色，
徐州會戰慘敗，
逃竄孤島，
隔海遠望，
奇蹟不再來。

# 18 國共之爭

容共，
清黨，
實在矛盾，
萬里長征或轉移陣地？
西安事變，
暫拋鬩牆，
瘦了腰肚，
加深傷痕，
三而竭，
古訓罔聞。

# 19

# 江山變色

得江山匪易，
治天下尤難，
辜負古聖先賢，
五權憲法未彰，
桀紂代興，
敵人異族可畏，
內憂腹患難防，
倉遑遁逃海島，
反攻價響無望，
忽忽百年身。

## 20 大撤退

天垳地裂，
乾坤變色，
拱手讓江山，
罪過實深。
妻離子散，
流落海隅，
好生狼狽，
生聚教訓，
臥薪嚐膽，
復國渺茫，
戚戚哀哀裏。

# 21 白色恐怖

打從國土分裂，
彼岸悲慘歲月，
波波相連，
尊嚴掃地，
三反五反，
大躍進，
文化幾破滅，
紅衛兵踏破神州。
海上遺民也不遑多讓，
二二八災變，
人權摧殘逮盡，
夜未央，
光明何來遲？

# 22 二二八

親人成仇，
同胞相殘，
外省本省難容，
菁英忽滅，
骨肉天隔，
本是同根生，
相煎何太急？
千年笑話。

# 23 老蔣

是個硬漢，
武士道精神，
追隨先行者，
北伐靠山，
剿匪是賴，
抗日中天，
不幸江山變色，
英雄狗雄難分，
好生狼狽。

## 24
# 毛賊

貌似忠厚，
江湖怪客，
億萬生靈塗炭，
還得讚頌大恩大德，
哀鴻遍野，
秦皇不讓，
誰縱容他？

# 25 鷸蚌相爭

國共相爭何時休？
不共戴天，
遑顧手足情？
殺人如麻，
佛心缺缺，
家亂國破，
有慶不現，
引領望斷。

# 26 大躍進

揠苗助長，
古之明訓，
東亞病夫一躍而起，
苦思超英追日，
舉國鍊冶聲，
樹林伐盡，
換來一堆破銅爛鐵，
餓莩盈野，
淒厲哪堪聞？

# 27 人民公社

齊家難如上青天，
治國猶如空中樓閣。
人民公社堪稱創舉，
沒個隱私，
全盤失落，
三教九流搓一團，
拆容易，
重組難，
亙古浩刧。

# 28 紅衛兵

人小鬼大，
掀起千堆浪，
五千年文化失落，
毀滅乃看家本領，
串聯大江南北，
何罪之有？
幕後主使猙獰，
死有餘辜，
永世難渡，
幸祖產豐碩，
無畏敗家子。

# 29 齊放爭鳴

左翼聯盟，
肆意無度，
興風作浪，
大鳴大放，
怎料秋後算賬，
猢猻散，
下大荒，
景象哀哉，
煎熬無盡期，
銳氣喚不回。

# 30 毛賊走了

蔣幫剋星，
踐踏生靈，
不歸路，
國人無知，
不靈不解，
共產變無產，
窮得捉狂，
暗淡無光，
猴王已走，
尚存希望。

# 31 蔣介石的起落

洗馬少年，
抗日救星。
「一寸山河一寸血，
十萬青年十萬軍，
不到最後關頭，
決不輕言犧牲。」
一時多少豪傑，
風起雲湧，
拋家園，
同赴國難，
怎奈鬩牆之爭，
亡命海隅，
淚滿襟。

# 32 統獨之爭

分久必合，
合久必分，
心中有祖國，
和平相處，
各取所需，
相生不相害，
爭個甚麼？

# 33 傷痕文學

民主浪潮，
各彈各的調，
獨裁餘毒，
沒有市場，
激漾爭輝，
傷痕文學，
兩岸繽紛。

# 34 哀異議分子

哀哉！
異議下場，
家破人亡，
浪跡天涯，
誰來撫慰？
正義吶喊，
悲切！
昊天啊！
有眼無珠？

# 35 兩岸之爭

龜笑鱉無尾，
五十步之差，
那是烏鴉，
這是丘貉，
都不是好東西，
全無民意基礎。
仗著槍桿，
久霸江山，
踐踏民主，
應拋四海之濱，
展現新局。
鷸蚌相爭已久，
漁翁遲遲未見，
兆民引領凝望。

# 36 五月逃亡潮

野有餓莩，
哭聲震天，
為政者犯天條，
百姓亡命，
陷溺為鬼，
不知凡幾？
天地有知，
嚴懲罪魁，
千秋罵。

# 37 一切都改變了

一切都改變了，
上下交相欺，
倫理蕩然，
忠奸易位，
傳統迹熄，
媚列諂馬，
烏煙瘴氣，
如何收拾？
待回首，
悲慘世界，
說予誰人聽？
長嘆息。

# 38 金門頌

八二三，
晴空霹靂，
大小金門，
著彈如雨，
幾乎稀爛，
仍不敢登陸，
終於保住，
蕞爾島嶼，
不沉航艦。

# 39 臨去秋波

孫博士之後，
鬩牆之爭不絕，
相煎何太急？
軍閥夢封王，
國共不戴天，
競自造神，
到頭來，
橋歸橋，
路歸路，
帝制終歸破滅。

# 40 三顆女皇星

宋家有女初長成，
政界花瓶，
一注革命家，
再賭巨紳，
三投抗日英雄，
了得！
肥了宋氏，
瘦了國家，
百年歷史舞臺，
閃爍女皇星。

# 41 冷戰

德日無條件投降，
東西集團於焉形成，
抗衡力歇，
互補的時代來臨，
大融合在望，
自相殘殺，
是野蠻行勁。

# 42 傳統美德蕩滌

江山易色，
人心不古，
一切都改變了。
那麼貪婪，
也許窮怕；
那般無情，
鬥爭逼出來的。
大鍋飯，
拼甚麼？
傳統美德，
毀於一旦，
一二人之心，
搖撼億兆人的幸福。

# 43 敵對

政治是黑暗的，
鬥爭是殘酷的，
文人好光明，
寸筆哪堪干戈待？
卻贏得千秋名。

# 44 異議人士

不作奴僕，
要當義士，
真可憐，
寇首看。
東躲西藏，
浪跡天涯，
為理想，
妻離子散，
父母永隔，
家鄉回不去，
值得！值得！
黨禁報禁一一開放，
各說其理，
一吐為快。

# 45 金門行

當年金門行，
巡經澎湖，
夜宿運輸艦，
第七艦隊相隨，
夜登料羅灣，
暈船一週天，
查哨返營，
驚冒流汗，
彼岸虎視眈眈，
單打雙不打，
究竟甚麼玩意？

# 46
# 百憂何時了？

當東方遇見西方，
內憂外患交加，
甲午之恥，
馬關城下盟，
列強相繼扣關，
門戶洞開，
任人宰割，
戊戌變法曇花現，
武昌革命反遭殃，
軍閥接踵，
日寇毀我半壁江山，
逆流相繼吞噬，
退守海隅，
百憂何時了？
問蒼天？

# 47 四海困窮

一黨專政，
億萬同胞，
縫縫補補又一年，
民主自由兩樣空，
沒奈何！
救援無及，
蔣毛世仇，
罔顧死活，
割千刀。

# 48 當中華民國遇見中華人民共和國

本是同根生，
相煎何太急？
中華血統，
同屬龍種，
爭個甚麼？
相生不相害，
君子之爭，
選民當裁判，
同享江山，
莫臉上貼金，
毋自吹自擂，
你中有我，
我中有你，
理念路線歧異，
絕非水火。

# 49 文化興廢

中華文化的災難，
始於焚書坑儒，
爆於文化大革命，
遠超秦王。
海隅振興，
覆水難收，
作俑者該當何罪？
其無後乎？

# 50 誰之過？

大好江山誰丟的？
誰來承擔？
但知沈酣美夢，
腐化依舊，
夜郎自大，
憑啥反攻？
靠誰拔毛？
仍享壽終正寢，
光怪陸離的口號，
欺人又自欺。

# 51 審判

偌大江山，
拱手讓人，
誰之過？
從未審判，
還想東山再起？
不作深悔，
但施高壓手段，
到頭來飛花煙滅。
公審禍首，
感動民心，
或有逆轉機會，
引領久矣！

# 52
# 苦命華人

古老滋味，
五嶽四江常在，
貪官污吏時出，
痛不欲生。
浪迹海外，
屢遭屈辱，
朝不保夕，
華人命苦。

# 53 蔣氏父子

中山先生的接班人，
北伐抗日的大英雄，
跨上得天下匪易，
馬下治國尤難，
小蔣帶兵無能，
日寇追得團團轉，
斷尾求生，
倖是為政高手，
落實民生，
好一對父子檔。

## 54 蔣毛相爭

硬骨頭，
不低首，
篤信陽明，
神化馬列，
始作俑者，
功過相抵，
假道學，
哪算英雄？

# 55 理想國度

公天下，
多元化，
黨禁開，
報限除，
平起平坐，
言之無罪。
土地闢，
環保佳，
公平競爭，
不見殺伐，
大同降臨，
竟是桃花源，
鏡花緣不是夢。

# 56 族群

五族共和大帽子，
冠冕堂皇，
一統一國原是夢，
爭個甚麼？
小尊大，
大讓小，
各取所需，
共榮是福。

# 57 孫大砲

革命四十年，
心勞力拙，
十次失敗，
亡命天涯，
辛亥一役，
完成心願，
任大總統，
沒得說！
但遺孽橫流，
禍害無窮。

# 58 袁大總統

心在帝制，
假借民主，
換取寶座，
遂行復辟，
眾叛親離，
羞死殿堂，
一切罔然，
悔不當初。
挾清迫民，
挾民反清，
一場空，
私欲四溢，
聰明自欺，
同樣戲碼，
行行復行行。

# 59 愧悼　孫大總統

革命四十年，
蠟盡始乾，
大氣度，
高功不居，
古今完人，
承續無人，
死不瞑目。

## 60 懷念蔣公

陪侍先行者，
雄姿英發，
北伐抗日，
國人感激，
大謝無以為報，
不知見好就收，
背負國破家亡，
遠遁孤島，
續任四屆總統，
功過相抵，
終歸於零，
上山匪易下山尤難。

# 61 兒總統

古有兒皇帝，
今出兒總統，
活像禿驢，
任人擺佈，
管他的，
萬事休關。

## 62 小蔣

孤臣孽子，
天下憐，
放逐北海，
絕地逢生，
終受神器。
江山剩一隅，
夕陽無限好，
無望回天，
經國大業，
遠期支票，
如何兌現？

# 63 你等會兒（註）

貌似忠厚，
心存鬼胎，
大權在握，
肝膽相照不算數，
患難之交變仇敵，
誠信掃地，
大壞人心，
國是蕩然，
禽獸不如。

（註）相傳有人徵詢蔣經國副手，小蔣尚未決定，隨口以濃濃的浙江口音說：「你等會兒。」屬下誤聽作「李登輝」，君無戲言，李登輝是這樣昇天的。

## 64 再譴你等會兒

嘴巴闊，
肆無忌憚；
鷹鈎鼻，
可以共患難，
不能同享福；
貌似忠厚，
心懷鬼胎，
狐狸尾巴外露，
毀黨國，
搞臺獨，
大禍臨頭。

# 65 論定老毛

一介書生，
舞文弄墨，
兵戈鐵馬，
始皇曹操為鑑，
效法闖賊洪李，
革命有理，
叛逆最樂，
摧毀五千年文化，
竟也壽終正寢，
膜拜有人，
蓋棺論定，
九分大過，
一分虛名。

# 66 四人幫垮臺

大樹倒，
猢猻散，
千年妖怪破功，
亡命相，
猙獰全消，
死有餘辜。
勸世人，
胡作非為，
天必好返。

67

# 周恩來

醉心共產思維，
不違如愚，
冷靜持重，
運籌帷幄，
中共諸葛，
毛賊心腹，
惜乎跟錯主
翻騰紅塵中，
倖能壽終正寢，
魔鬼世界，
好人難為。

# 68
# 鄧小平

驚濤駭浪，
三上三下，
竹幕微開，
大地喘息，
民怨減沸，
極權倖存，
毛賊大逆不道，
小平撿個便宜，
雪中送炭。

# 69 政改猶待

舉國經改聲，
政改猶止步，
富而不貴，
如禮何？
欲蓋彌彰，
怎收拾？
億萬同胞，
億萬災難。

# 70 魯迅

文藝之父，
文聯之舵，
疾惡如仇，
毛賊之師，
掀開陰暗面，
光明黯然收，
無助華夏，
更加沉淪。
一條漢子，
覆巢之下無完卵，
理直氣壯，
不敵溫文爾雅。

# 71 胡適先生

西風東漸的領航人，
初識賽德兩先生，
引介中土，
著迷瘋狂，
燃遍古老帝國，
春筍漫生，
百花齊放，
怎麼發展？
後人的事。

# 72 國民黨

國民黨一切都改變了，
一小撮把持，
貪官污吏多多，
胡作非為，
瘤化成癌，
共產黨操刀，
殺他片甲不留，
掃地出門，
孤島上，
生聚教訓，
臥薪嚐膽，
塞翁失馬，
焉知非福？

# 73 中共的前途

禍兮福所倚，
大難不死，
取得江山，
盡忘其初，
縫補一世。
如今妖魔消退，
新人新氣象，
麻雀變鳳凰，
體質依舊，
獨善已了得。

# 74 民進黨

對祖國失望，
遭二二八洗禮，
自立門戶，
反中仇共，
夾縫求生，
夜郎自大，
自外華夏，
振振有辭，
似是而非，
陷臺不義，
不如自立圖強，
莫逞意氣，
有種？
制度之爭。

# 75 親民黨

國黨離民太遠，
民黨一意孤行，
共黨專政不義，
有志之士登高一呼，
風雲叱咤，
勢若破竹，
可惜一蹶不振，
淚沾襟，
嘆奈何？

# 76 悲情海隅

化外明珠，
閩粵窮人渡黑溝，
生死纏鬥，
外侮接踵，
鄭裔好不過三代，
大清顢頇，
國黨貪殘，
中共咄咄，
悲情臺澎，
何日夢圓？

# 77 吶喊

自由平等淪為口號，
非我族類，
排除異己，
任你號聲嘑天，
毫無感應，
總是淒淒瀟瀟裏，
何時春來？
百花齊放，
百子爭鳴，
一言堂走進歷史。

# 78 苦盡甘來夢

打從盤古開天地，
歷經三皇五帝，
又過五千年，
紛紛擾擾，
鬥爭戰亂，
死難無數，
蒼生誰憐？
帝國走入歷史
人謀不臧，
苦痛依舊，
包容時代早該來到。

# 二、九寨溝之旅

進出大陸何頻頻?
文化古蹟為旨趣，
看膩了，
換主題，
九寨溝賞美去，
美無度，
天下第一水，
我來囉！

# 1 香港一瞥

彈丸之地，
機場忒大，
轉換中心，
旅人如織，
回歸之美難尋，
後遺症一籮筐，
繁華不復，
夢中回味。

# 2 成都又見

五年前，
巧遇百年洪峯，
郵輪乘風破浪，
三天三夜的險航，
達重慶，
抵成都，
品藥膳，
謁武侯祠，
弔詩聖草堂，
瞻都江堰，
亢奮而歸。

# 3 桃榴遐想

偌大水蜜桃，
碩果石榴，
六十年來之最，
不枉遠行，
不虛花費，
看遍好書，
嚐盡美食，
親歷奇蹟，
人生不虛度。

# 4 成都文殊院

蒼蒼古剎，
文物尚在，
幽深秘境，
韻味十足，
既溫故，
又知新。

# 5 再訪武侯祠

蜀漢興衰乃天意，
桃園結義見真情，
神機妙算通鬼神，
出師表噴灑忠淚，
只怪先祖私心重，
明知不可扶而扶之，
鞠躬盡瘁白白虛擲，
死而後已令人斷腸。

# 6 謎樣的三星堆

雅美族覆亡，
原因不明，
無從考查，
留下滿坑遺物。
僅供後人憑弔，
猙獰面具，
黃金權杖，
搖錢樹，
堆積如山的象牙，
都該怎麼解？

# 7 西蜀子雲亭

專研模仿秀，
陰助王莽，
一圃含羞孳亭前，
遺臭千萬年，
勸君在世戰兢，
蓋棺論定，
覆水難收。

# 8 李白故居之一

蜀道難如上青天，
漢藏接壤的香格里拉，
仰慕詩仙，
不畏千里路，
深入探訪，
看個究竟。

# 9 李白故居之二

地靈人傑，
芝麻緜陽，
李白為之加分，
聖賢與紀念館，
相得益彰，
廣加興建，
教育良方。

# 10 李白故居之三

經之營之，
故居始成，
眾星拱月，
話當年，
不理皇詔，
不甩貴妃，
高力士磨墨，
謫仙是何許人物！

# 11 九寨溝途中

非同常景，
叢山峻嶺，
一山比一山高，
縱深探不盡，
蒼翠欲滴，
處處溪流瀑布，
匯聚三峽，
長江於焉誕生。

# 12 蜀道滋味

前不著村，
後不著店，
九寨溝途中，
三部重型車吻撞，
上不去，
下不來，
滯塞棧道。
泉聲淙淙，
激流浪浪
仰視浮雲白，
突兀北川顛，
連緜天際。

# 13 九寨溝水之一

越過蜀道難，
抵達長江源，
一〇八座海子串成，
瀑布琳瑯滿目，
灑落原野，
倒映峻嶺，
優美聖地，
唯我獨尊。

# 14 九寨溝水之二

西王母聖水，
莊周所謂至清，
石上滾動，
冰肌玉骨堪差似，
嘆為觀止，
超乎想像，
神乎化境，
天下獨尊。

# 15 藏民風情

高吭的草原之歌，
可以燎原；
炫麗多彩的服飾，
足慰遊牧孤寂；
急旋大動作的舞步，
狀似波濤。
清稞酒，
氂牛乾，
醉倒長江源。

# 16 川北草原

川北草原，
展望無際，
堪比青康藏，
肥美過之，
草長葉大，
遊民仰天笑，
牛哞，
羊咩，
馬嘯。

# 17 山水變色

川西行，
遠抵長江源，
童山濯濯，
濁水混混，
沙量激增，
宛如黃河，
待何時？
還我廬山真面目。

# 18 疊溪海子

七級震災，
山化成谷，
匯出一〇八座海子，
突兀四周山，
蜀道更難，
氣勢磅礴，
賽比三峽。

# 19 遊牟尼大瀑布

九寨歸來不看水，
怏怏轉往牟尼瀑
仰視飛濺千萬疊，
長可百餘尺，
狀若千層糕，
美媲天仙，
婉約彬彬，
頻回首。

# 20 五行有缺

童山濯濯，
換來土石流，
濁水滾滾，
災難頻生，
五行脫節，
何趣之遊？

# 21 川西公路

山那麼高，
水那麼急，
路繞山腰，
雲霧蒸騰，
一山又一山，
數不盡，
沒個三五天，
出不來。

# 22 臥龍熊貓

物稀則貴，
世界級寵物，
老少咸喜，
又名貓熊，
爭論不休，
慵懶可愛，
天下無匹。

# 23 熊貓之戀

黑白配，
黑眼圈，
慵懶無比，
輾轉反側，
四腳朝天，
掛枝頭，
睡掉大半生，
瀕臨滅絕。

## 24 岷江

亂石崩土，
山水傾洩，
泥漿滾滾，
魚蝦不生，
舟船難渡，
真醜陋！
長江源。

# 25 陸廁

摒息進出，
屎尿橫流，
無所措足，
門戶洞開，
屁屁相向，
強取費用，
服務缺缺，
文明之恥，
汗顏之國。

# 26 汽車司傅

老爺開車，
橫衝直撞。
路是我的，
誰敢不讓？
擋我者死，
避我者生，
衝！衝！衝！
哪顧乘客感受？
服務品質，
全然不知。

# 27 治水

他山之石可以攻錯，
大禹疏導，
惠澤中原，
李冰內外二分，
乃有天府之國。
臺灣每逢大雨必成災，
移師荷蘭，
不如就教古賢，
妙用可大，
別再邯鄲學步。

## 28
# 訪都江堰

拜謁二王廟，
天府國始祖，
疏導立大功，
後繼乏人，
洪峯頻生，
潛心默禱，
李冰父子再生否？

# 29 四川雜劇

平劇為基，
譜上方言，
參酌英語，
調配民俗，
木偶神技，
皮影幢幢，
二胡□爭□爭，
變臉絕活，
黃包車載客如廁，
寄文化於觀光。
嗨到最高點。

# 30 不樂之買

每日必經，
樂了國營商店，
遊客旅情變調，
該譴！
這般方式掙錢，
取之無道，
胡作非為。

# 31 國門之恥

揮別四川，
搭機離蜀。
廁所奇臭難忍，
國門尚且如此，
其餘不言而喻。
政權怠慢久矣，
隨便解放，
人獸幾稀？
優雅蕩滌，
斯文掃地。

# 32 不搭調

大陸終於開放，
進出頻繁，
遍及南北，
橫跨東西，
細細看，
耐心聽，
文物古蹟猶在，
百般尋味，
人心卻險惡，
教條又太多，
煩！煩！煩！
嫌！嫌！嫌！

# 33 四川旅思

翻越千山萬水，
花費數萬，
物超所值，
九寨溝仙境，
牟尼瀑布幽雅，
李太白紀念館詩韻充塞，
杜工部草堂史蹟斑斑，
西蜀子雲亭何陋之有？
三星堆博物館懸疑神奇，
臥龍貓熊楚楚動人，
都江堰令人感恩千秋，
武侯祠溢滿忠魂，
千府之國不我欺。

# 34 大雅堂

大雅堂，
趣味橫生，
唐宋君子齊聚：
陳子昂仰天淚下，
李白悠哉獨行，
白樂天蒼蒼憂民，
劉禹錫何陋之有？
蘇東坡醉臥淘沙，
陸放翁不知老之將至，
黃山谷特立詩派，
李清照冷若秋霜。
眾雅相會，
名詩留千古。

# 35 美的回味

回味無窮，
意韻萬千，
留下會心微笑。
揭開西蜀面紗，
深入熊貓保護區，
身臨三星堆遺跡。
溯遊長江源，
拜謁古聖先賢，
水蜜桃、貢梨、石榴……
樣樣品嚐。

## 36 拜源頭

九寨溝水天上來，
注入岷江頭，
一山又一山，
一谷又一谷，
峯高澗急，
湧向東流，
穿三峽，
匯葛洲，
嘉惠生靈，
點亮神州。

# 37 旅情依依

旅情萬里，
渡若飛，
成都緜陽九寨溝，
臥龍三星都江堰，
李白杜甫子雲亭，
此生能有幾回見？
已是奢求，
哪敢再見？
留照看不厭，
憶旅情。

# 38 夢遊

遙遙天府國，
遊興不減，
撼肺腑，
猶作留連意，
辛辣有味，
終身難忘，
地靈人傑，
華夏重鎮，
託夢中。

# 39 川情

再見啦！
川情深深深幾許？
名山大川無窮數，
產物樣樣全，
人才輩出，
一遊再遊，
百看不厭，
今生足矣。

# 40 夢回巴蜀

夢回巴蜀，
峯峯相連，
直抵聖母，
空氣漸薄，
雲霧蒸騰！
藏人天下，
犛牛踽踽獨行，
深谷湍流，
向三峽，
朝東海。

# 41 夢醒時

漫遊四方，
足踏神州，
在外何短暫？
似夢如浮萍，
居家千日好，
離鄉背井是偶然，
家園得常伴。

## 42 能不憶四川？

四川啊！
四川啊！
蒼海桑田，
山變成谷，
谷隆為山，
三星堆，
李冰父子，
桃園三義，
李杜名詩，
三蘇誕生地，
抗日大後方，
地靈人傑，
高山大川環抱。

# 43 永懷巴蜀

叢山峻嶺，
一圈又一圈，
一峯再一峯，
成都位其中。
山產豐饒，
獨缺日常照，
蜀犬吠，
水源充沛，
灌溉不愁，
足供半壁江山，
聖賢豪傑輩出，
天府美名，
不愧！